令和川柳選書

今を詠み明日を拓く

長谷川節川柳句集

Reiwa SENRYU Selection
Hasegawa Takashi Senryu collection

新葉館出版

令和川柳選書

今を詠み明日を拓く

■目次

令和川柳選書

今を詠み明日を拓く

Reiwa SENRYU Selection 250
Hasegawa Takashi Senryu collection

第一章　憲法が生きる日本と世界を

憲法の上にはためく星条旗

九条は世界最強抑止力

戦地より被災地が待つ自衛隊

九条は英霊たちの鎮魂歌

九条は喜寿も白寿も祝いたい

沖縄の心埋め立てもう不能

美ら海を違法無法の土砂で埋め
コンクリでサンゴの海にテロ行為
美ら海を埋めれば世界負の遺産

辺野古沖国の無法をブイは知り
ウミガメもジュゴンも出来ぬ立ち退きは
美ら海の涙の色は茶褐色

へいわってフツーがフツーいつまでも
またの名は死者製造機オスプレイ
車なら車検で落ちるオスプレイ

ミサイルより怖いお空の落とし物

聖域はコメ・肉よりも米軍費

思いやりお金も基地も人も出し

TPP国の遺伝子組み換える

胃袋の安全保障いる日本

「美しい国」はカーキのモノカラー

北の危機煽って高いお買い物

長生きは遠慮してよという政治

難民を医療・福祉がつくる国

貧富の差命の格差まで広げ

アベノマスク登録したい負の遺産

飲み食いを政治に変える領収書

税金でできた蜜ほど甘い味

◇投稿を始めて初入選句。税金が原資の政党助成金依存の政党を批判

依存度はニコチン以上助成金

税金で支持者招いて感謝祭

増税後ショーウィンドウも曇りがち

クーポンやポイントよりも現なまを

もらうなら日本銀行券がいい

タンスしか租税回避地ない庶民

半分が投票しない民主主義

一票は格差じゃなくて不平等

国会の中より前にある民意

入管じゃ民主主義まで窒息死

人権が虐待されている日本

凶弾が暴くカルトの闇と病み

反共がつなぐカルトと改憲派

党名を変えます自由統一党

国会で煽り運転する維新

名は体を表わしません政党は

プーチンが買った世界の憤り
侵略はいつも自衛で偽装され
ツァーリの亡霊を見るプーチンに

ロシアにも反戦の声ある救い

プーチンは嫌いだろうなトルストイ

非ナチ化を叫んでナチの所業真似

プーチンはもはやA級戦犯化
言論の自由殺してする戦
だめだろか支援物資に征露丸

穀倉の戦火食卓直撃し

値上がりでわかる平和のありがたさ

◈アフガニスタンで凶弾に倒れた中村哲医師に捧げる三句

爆弾よりパンを掲げた医師は逝き

亡き医師の遺志を足蹴にする派兵

武器よりも命の水で戦火消し

◈シリア内戦取材中に亡くなった山本美香さん追悼

戦場の今を伝えて記者は逝き

ハッシュタグ小さな声が社会変え

デジタル化光もあれば影もある
若者が変える日本のデモシーン
民法に明治の残滓こびりつき

二歳児をネット託児の闇が呑み
居場所なき子らを引き込むネット界
遺伝子が権力の罪暴き出し

◇大阪東住吉区での母親による保険金目当ての放火女児殺人とされた事件は冤罪で無罪に

冤罪が裂いた親子の二十年

コンビニがビジネスにした恵方巻

コンビニも減って時代も下り坂

命まで格安にしたバスツアー

喧騒の中に孤独が住む都会

虐待の影で貧困闇広げ

忘却とたたかい繋ぐ負の歴史

歴史まで整形図る美容外科

奨学金卒業証が借用書

小中になくて保育にある待機

結婚に世間の許しいる宮家

リニアより残してほしいローカル線

便利さの陰で誰かが泣く社会

貧困と格差に寄生闇バイト

Reiwa SENRYU Selection 250
Hasegawa Takashi Senryu collection

第二章

核兵器も原発もない地球を

核兵器ゼロが平和の抑止力
俺は持つお前持つなの核矛盾
ノーモアにフクシマ加え原爆忌

◇オバマ氏はアメリカ大統領として初めて被爆地広島を訪問したが…

核ボタン小脇に説いた核なき世

被爆者の御魂が叫ぶドーム前

被爆者にまだ降り続く黒い雨

核ゼロより被爆者ゼロを待つ政府

ヒロシマにフクシマ重ねゲンは逝き

ゲン消して核の惨禍にベール掛け

◈日本被団協代表委員などを務められた谷口稜曄（すみてる）さん追悼

焼けた背を核廃絶に捧げ逝く

三吉や禎子に届け平和賞

千羽鶴小さな羽に希望のせ

核の傘さしては来ない核なき世

老朽も総活躍と再稼働

◇原発再稼働に反対する金曜日官邸前抗議行動は９年間４００回に及んだ

金曜日官邸経由縄のれん

核燃より税金燃やすもんじゅ様

原発は未来世代へ負のバトン

責任と一緒に流す汚染水

故郷が近くて遠い避難民

風評も風化も怖い原発忌

汚染水捨てりゃフクシマ二度殺す

原発は自分でできぬ下の世話
原発ムラごみと一緒に膿も出し
処理水と呼んで汚染を偽装する

コロナより終わり見えない廃炉の日

温暖化地球の生理狂わせる

温暖化地球いじめた罰当たり

あるといい地球を冷やす冷蔵庫

ゆっくりと地球を殺す温暖化

地球には核の傘より日傘要る

プラごみがじわり地球の首を絞め
人類も絶滅危惧種核気候
地球から疎まれ出したガソリン車

三百年地球いじめた資本主義

エアコンはもはや生命維持装置

打ち水に団扇簾でエコな夏

他国より自然の中にある脅威
天災の中に人災紛れ込み
天災は忘れぬうちに来る日本

リニア掘り辺野古は埋めて土石流

列島に災害メニュー勢ぞろい

慈雨恵雨死語にしそうな温暖化

核よりも台風シェルター要る日本

国難は飛んでくるより降ってくる

日本の脅威北より南から

雨乞いに雪乞いもいる温暖化

暖冬の先に待ってる水不足

降らぬ雪凍らぬ水に景気冷え

人権も気候も日本化石賞

感染で世界は一つよくわかり

国境も人種の壁もないコロナ

コロナ禍のデモクラシーはオンライン

人間を分断コロナ副作用

コロナ禍が生んだ連帯ネットトデモ

故郷をいっそう遠くするコロナ

新自由主義が培養新コロナ

ワクチンにも貧富の格差出る世界

貧困と格差も広げウイルス禍

原子力空母も勝てず新コロナ

米基地がウイルス基地と化す日本

ミサイルじゃ防衛できぬウイルス禍

Ｇｏ Ｔｏでいい日旅立ちコロナ連れ

パンデミック驕る人類戒める

芸術と文化も殺すウイルス禍

老老より陽陽介護新コロナ

宣言に免疫できた四回目

病院が近くて遠い救急車

心電図心の襞は読み取れぬ

賽銭も電子マネーの時代来る

世論にも凶器にもなるＳＮＳ

人間がスマホゲームに捕獲され

百億の宇宙旅行にみる格差

リュウグウへ亀より早いはやぶさで

リュウグウに難易度Gの着地決め

地球からホールインワンはやぶさ2

富士雄姿映して五湖は水鏡

富士山は雲を帽子と笠にする

微生物微力どころか大仕事

静電気名前のわりに人脅す

◇２０１９年のノーベル化学賞は「リチウムイオン電池」を開発した吉野彰さんらが受賞

化学賞毎日世話になってます

Reiwa SENRYU Selection 250
Hasegawa Takashi Senryu collection

第三章

暮らしの中にある笑い

草の根の強さ教わる草むしり

粗大ゴミ置き場賑わう十二月

カーリング気分で励む床掃除

ゴミ袋詰め込み方も技がある

衝動買い限定二字に踊らされ

国訛り異国と紛う妻の里

お盆だけ人口倍加過疎の村

風だけが乗り降りをする過疎の駅

娘作肩もみ券も期限切れ

還暦の夫婦の隙間孫が埋め
家庭内力学いつも妻優位
夫婦にも適度な車間距離がある

円熟の早技妻の夕支度

恐妻家他人の目には良き夫

団欒もスマホに席を譲る居間

幸せのレシピは愛が調味料

思い出の一枚眺め老いを知る

保育園運動会は皆メダル

園児より親が興奮リレー走

孫ら来て押し入れ秘密基地と化し

無神論揺るがす孫の手術前

静かさや孫台風が去ったあと

ゴーンウィズザマネー　カルロス・ゴーン

わが腹は黒くなかった内視鏡

首タテに振ってくれない扇風機

引退も退位もできぬ世帯主

動く歩道あるけど動く車道ない

還暦も町内会じゃ青年部

賽銭箱傍に欲しいな両替機

賽銭もカード払いの神の技

一円玉クレカスイカに席譲り

時そばを真似る余地なし券売機

窓口にだいたい窓は付いてない

イタリアにありそうでないナポリタン

モーツァルト聴いて心のお洗濯

三分の壁を破れぬカップ麺

アイドルにゃなれそうもない団子坂

お砂糖と醤油が出会う団子坂

温度差が百度に近い片思い

Tシャツに噛み付いている二段腹

一番搾り二番はどこへ行くのかな

ペットロス犬ほどじゃない熱帯魚

デパートの一階いつも通るだけ

大河でも小川のごとき視聴率

診察券ポイント付きはないのかな

水虫も喜ぶ足のホッカイロ

山海があって川の日ない旗日

気配りが過ぎて顔出すお節介

発車音無理なご乗車したくなり

電車内鏡相手ににらめっこ

優先席スマホ席かと見間違え

若者の勉強部屋のごときカフェ
大相撲モンゴル場所も開かねば
出世にはスピード違反ない相撲

◇平昌五輪女子スピードスケート５００ｍ決勝後の二人の抱擁は忘れられない

奈緒と李のようにありたい日韓も

パワハラと叱咤激励紙一重

◇体罰を告発した女子柔道代表選手に連帯

告発の勇気に贈る金メダル

柔道に心を磨く技欲しい

コロナ鬱飛ばす翔平二刀流

怪物も世代交代野球界

平成は昭和のような匂いせぬ

◇歌手の安室奈美恵さん引退

伝説をつくり歌姫マイク置き

老優が逝くたび昭和遠くなり

◇都電荒川線は東京に残る唯一の路面電車

荒川線昭和の匂い乗せ走る

絵画より人混みを見る名画展

涙腺をキネマの神が緩ませる

アマゾンをチャップリンならどう描く

名画観て涙の海を一人漕ぐ

書に命翔子の毫は小宇宙

◇ハンセン病患者に対する差別と闘いぬいた日本共産党員谺雄二さん

党と生き党は我が家の闘士逝く

カネやんと共に国鉄記憶され

行間に人生滲む訃報欄

ぼろぼろの辞書に青春ページある

ビンコーラ飲むと青春蘇る

重すぎて水に流せぬ過去もある

塩味がちょっと足りない定年後

人間味汗と涙が作り出す

唇を噛むと心に苦い味

終活へ本を束ねる母の背

あとがき

九条の基礎に人骨二千万

これが、私が川柳の世界に足を踏み入れるきっかけをあたえてくださった句で、作者は東京都墨田区在住の松澤巌(いわお)さんです。２０１１年11月29日の「しんぶん赤旗」コラム（「潮流」）が、同紙「読者の文芸」での松澤さんの入選作品が１００を超えたのを記念して句集を出されたことを紹介した中で、ご本人が「一番の自信作」としてあげられたという作品です。

この句に出会い私は衝撃的感動を覚えました。十七字（音）の中に、憲法九条の意義とそれを守ろうという意志が結晶しているではありませんか。「精鋭作家川柳選集（関東編）」発刊の際にも書いたことですが、日々の生活の中で感じる喜びや悲しみ、可笑しさや怒りなど、自分の感情を何らかの方法で表現できたら素晴らしいと思いつつ、その手段が見つけられないでいた私は、「これだ！自分もやってみよう」と思い川柳を作り始め、松澤さんと同じように「しんぶん赤旗」への投稿を開始しました。二回目の投稿で初入選し、その後もほぼ毎週投稿し、入選回数は11年余で２２０回（２０２3年3月現在）となりました。続いて、同紙「日曜版」への投稿もはじめ、こちらの入選は１１１回となりました。

投稿開始後しばらくして、当時「しんぶん赤旗」の選者を務められていた太田紀伊子さんのご紹介で「つくばね番傘川柳会」に入会。さらに「投句だけでなく、添削を受けられるような句会はないだろうか」という私の問いに、太田さんが、当時もう一人の選者であった植竹団扇さん（現在は「しんぶん赤旗」日曜版選者）が世話人をされている「川柳マガジンクラブ東京句会」を紹介してくださり、参加・投句するようになり、川柳の世界が広がっていきました。新聞への投稿も、東京新聞、朝日新聞へと広がりました。

こうした経過もあり、私にとって川柳の師と言うべき存在は太田紀伊子さんと植竹団扇さんであり、この場をお借りして感謝申し上げます。植竹さんとは、その後入会した川柳研究社の「新人教室」（現在は「メダカの学校」）でもお世話になりました。太田さんには、現在も牛久川柳会の会員としてご指導いただいています。

これも「精鋭作家川柳選集」に書いたことですが、日本と世界で起きている問題を句材としながら、少しでも良い世の中を作りたいという思いで作句してきたことから、句集のタイトルは、「今を詠み明日を拓く」としました。収録した作品は、私の作句姿勢ともかかわって時事吟が多数を占めますが、時事吟の〝宿命〟で、時間が経過すると読む側にとっては何を言っているのかわからない作品も出てきます。そこで、大きく章題のようなテーマで作品を区分けし、必要最小限のコメントをつけました。なお、作者名は、句会では「渓節」を用いていますが、新聞投稿は本名で行ってきたことから、本書を多くの方に読んでもらうためにも長谷川節としました。

二〇二三年三月吉日

長谷川　節

●著者略歴

長谷川　節（はせがわ・たかし）

1954年11月福島県奥会津の金山町生まれ。「しんぶん赤旗」読者の文芸への投稿で川柳を始め、「東京新聞時事川柳」、「朝日川柳」にも投稿しつつ、川柳研究社、あかつき川柳会、牛久川柳会会員。川柳マガジンクラブ東京句会に投句。川柳以外の趣味は渓流釣りと映画・演劇鑑賞。雅号は渓流釣りの渓をとって「渓節」。

令和川柳選書

今を詠み明日を拓く

○

2023年 5 月16日　初　版

著　者

長谷川　　節

発行人

松　岡　恭　子

発行所

新　葉　館　出　版

大阪市東成区玉津1丁目9-16 4F　〒537-0023

TEL06-4259-3777㈹　FAX06-4259-3888

https://shinyokan.jp/

○

定価はカバーに表示してあります。

ISBN978-4-8237-1239-5